AF322167

RÉGLEMENT

CONCERNANT

MESSIEURS LES PAGES,

DE MONSEIGNEUR

LE DUC D'ORLÉANS,

PREMIER PRINCE DU SANG,

A PARIS,

Chez la Veuve d'Houry & Fils, Imprimeur-Libraire de Monseigneur
LE DUC D'ORLEANS, rue Saint Severin, près la rue Saint Jacques.

M. DCC. LXIII.

RÉGLEMENT

CONCERNANT

MESSIEURS

LES PAGES

DE MONSEIGNEUR

LE DUC D'ORLÉANS,

PREMIER PRINCE DU SANG.

Es Parens du Gentilhomme qu'on déſire faire entrer Page de Monſeigneur LE DUC D'ORLÉANS, doivent demander une Place à Monſieur le Comte de Thyard, Premier Ecuyer de Mon-

A

seigneur, & le faire inscrire sur la Liste qu'en tient M. de Seran, Gouverneur des Pages, qui instruira le Gentilhomme de ce qu'il aura à faire pour son Entrée & sa Réception.

L'intention de Monseigneur étant, qu'il ne soit admis au nombre de ses Pages que des Gentilshommes d'une Noblesse ancienne ; celui qui sera agréé pour y être reçu, rapportera en original, les Titres justificatifs d'une extraction Noble & originaire, & d'une filiation directe, paternelle & suivie, sans aucun anoblissement par Lettres, Charges ou Offices, au moins depuis l'an 1550, devant M. de la Cour *, Généalogiste de la Maison & des Ecuries de Monseigneur ; afin que sur l'examen qu'il fera de ces Titres, il donne le Certificat de leur validité & de la Noblesse requise, à Monsieur le premier Ecuyer, ou à Monsieur le Gouverneur des Pages, qui sera déposé dans les Archives de Monseigneur.

Messieurs les Pages ne seront reçus qu'après avoir fait leur premiere Communion, depuis l'âge de quatorze ans & au-dessus ; ils ne pourront rester que jusqu'à vingt ans.

Les droits d'entrée de Page montent à douze cens livres, qui seront payées, sçavoir 900 liv.

* Il demeure Rue Colbert, proche l'Arcade de la Bibliotheque du Roi.

à M. le Gouverneur, pour être diſtribuées ſuivant l'uſage ordinaire, & 300 liv. à M. le Généalogiſte, pour les honoraires de ſon travail.

On ne recevra point de Page qu'il n'ait une Penſion au moins de quatre cens livres, qui ſera payée par quartier à Monſieur le Gouverneur, s'il veut bien s'en charger, ou à ſon défaut, à l'un des Valets-de-Chambre, à ſon choix, lequel au bout de chaque quartier, rendra compte de la recette, ainſi que de la dépenſe, à Monſieur le Gouverneur, ou à Monſieur l'Aumônier.

Le lever de Meſſieurs les Pages ſera à ſept heures en Eté, & à ſept heures & demie en Hiver; le coucher à dix heures & demie; la Priere ſe fera en commun auſſi-tôt après le lever; elle ſera prononcée tout haut, par l'un des huit derniers Pages, alternativement.

Meſſieurs les Pages dîneront à une heure, & ſouperont à neuf, ſans qu'après l'heure marquée, nul Page puiſſe ſe faire ſervir à dîner ou à ſouper, excepté cependant la raiſon du Service; ils ne pourront admettre aucun Etranger avec eux ſans permiſſion.

La Priere du ſoir ſe fera comme celle du matin, immédiatement après le ſouper; Meſſieurs les Pages ſe feront friſer auſſi-tôt après la Priere, & ſe coucheront ſans bruit; enſorte que les lumieres foient éteintes à dix heures & demie.

Aucun de Meffieurs les Pages ne fortira après le fouper, fi ce n'eft pour le Service.

Il leur eft pareillement défendu de defcendre dans la Cour, d'y jouer à aucun jeu, en quelque tems que ce foit, & même de jouer dans leur Chambre à des jeux qui peuvent occafionner trop de bruit, le dérangement ou la fracture des Lits & autres Meubles.

Monfeigneur donne fix Maîtres pour l'Education de fes Pages, & leur apprendre à écrire, à danfer, à deffiner, à monter à Cheval, à tirer des armes, & les Mathématiques.

Ceux de Meffieurs les Pages qui montent à cheval à l'Académie, partiront de l'Hôtel avant neuf heures; ils iront tous enfemble; un des Valets-de-Chambre les conduira & remenera auffi-tôt après la Leçon prife, afin qu'ils ayent le tems de fe faire accommoder & de s'habiller avant le dîner.

Les jours où il n'y aura point d'Académie, Meffieurs les Pages s'occuperont de l'étude, de la Religion, la Géographie & l'Hiftoire, fous les yeux & la Direction de Monfieur leur Aumônier.

Les Lundi, Mercredi & Vendredi de chaque femaine feront deftinés à l'étude du Deffein

& des Mathématiques ; pour cet effet , l'un & l'autre Maîtres se succederont sans intervalle , immédiatement après le dîner de Messieurs les Pages.

Les Mardi , Jeudi & Samedi, les Maîtres d'Ecriture & de Danse se succederont de la même maniere ; & tous les jours de la Semaine , excepté le Samedi, le Maître d'Armes leur donnera Leçon depuis cinq heures.

Les Dimanches & Fêtes, Messieurs les Pages assisteront à la Messe que dira M. leur Aumônier , à dix heures précises ; aucun d'eux n'en pourra être dispensé que dans le cas de service actuel auprès du Prince.

Messieurs les Pages iront cinq fois à confesse par an ; sçavoir , dans la premiere semaine de Carême , à Pâques , dans l'Octave du Saint Sacrement , à l'Assomption & à Noël.

Messieurs les Pages ne sortiront jamais de l'Hôtel sans la permission de M. leur Gouverneur , & sans être accompagnés par un des Valets-de-Chambre , qui répondra de leur conduite ; & quand ils auront la permission d'aller dîner dans leur Famille , on prie MM. leurs Parens d'avoir l'attention de les faire reconduire par un Domestique sûr , qui les representera au Valet-de-Chambre de Garde.

Lorsque M. le Gouverneur ordonnera quel-

que punition à Messieurs les Pages, comme ar-
rêt, prison, cela s'exécutera sur le champ ; il en
sera de même pour ce que M. l'Aumônier leur
pourra commander.

Les Réglemens ci-dessus seront réguliere-
ment observés par Messieurs les Pages, sous pei-
ne d'être rigoureusement punis par Monsieur
leur Gouverneur, à quoi Nous l'exhortons de
tenir la main avec attention. Aucun d'eux ne
doit esperer d'entrer dans le Service que sur le
témoignage qui sera rendu de sa bonne conduite, & des progrès qu'il aura faits sous ses
Maîtres.

Toutes lettres ayant rapport à Messieurs les
Pages, pour quelques affaires que ce puisse être,
seront adressées à M. de Seran leur Gouverneur,
& seront affranchies de port, de même que cel-
les qui pourront être écrites à M. leur Aumônier
& à M. le Généalogiste.

A l'égard des Valets-de-Chambre que Monseigneur entretient pour veiller sur la conduite
de Messieurs les Pages, il leur est enjoint de ne
jamais s'écarter dans leurs paroles ou autrement,
du respect qu'ils leur doivent.

Monseigneur défend expressément à Messieurs ses Pages de s'oublier au point d'user de
paroles dures à leur égard.

Il y aura toujours deux des Valets-de-Chambre qui coucheront dans les deux Chambres de Meſſieurs les Pages.

Il y aura toujours un des Valets-de-Chambre qui ſera de garde pendant la journée, & ce ſervice ſe fera alternativement entr'eux, ſuivant l'arrangement fait par Monſieur le Gouverneur.

Un de ceux qui ne ſera point de garde, ſera obligé de ſe trouver au Dîner, ou au Souper de Meſſieurs les Pages, lorſque Monſieur le Gouverneur ou Monſieur l'Aumônier le lui ordonneront.

Ils accompagneront toujours Meſſieurs les Pages lorſqu'ils ſortiront, ſoit pour aller à l'Office, pour leurs affaires, ou pour la promenade; ils rendront exactement compte à M. le Gouverneur des difficultés que Meſſieurs les Pages pourroient faire de ſe conformer au préſent Réglement; des diſputes qui pourroient arriver entr'eux; en un mot, de tout ce qu'ils pourroient découvrir de contraire au bon ordre & aux bonnes mœurs.

Ils ne ſortiront point de l'Hôtel ſous quelque prétexte que ce ſoit, ſans la permiſſion de M. le Gouverneur, & ils ſeront obligés de faire les Voyages de Saint - Cloud, Verſailles, Fontainebleau, & autres, lorſqu'il jugera à propos de les y envoyer.

Enfin, ils fuivront de point en point, tout ce qui eft porté au préfent Réglement, & ce qui de plus, pourra leur être prefcrit par Monfieur le Gouverneur ou par M. l'Aumônier.

FAIT & arrêté aù Palais Royal le vingt-fix Janvier mil fept cent foixante-trois.

Signé LE COMTE DE THYARD.